E. GRENET-DANCOURT

LA CHASSE

MONOLOGUE COMIQUE

DIT PAR

COQUELIN AINÉ

Sociétaire de la Comédie Française.

PRIX : UN FRANC

PARIS
PAUL OLLENDORFF, ÉDITEUR
28 *bis*, RUE DE RICHELIEU, 28 *bis*

1882

Madame Veuve Grenet, Monsieur Ernest Grenet (Grenet-Dancourt), Madame Veuve Lamoureux et toute la famille,

Ont l'honneur de vous faire part de la perte douloureuse qu'ils viennent d'éprouver en la personne de

Madame Veuve Sorel,

née Marie-Antoinette Lamoureux,

leur mère, grand'mère, belle-sœur, tante et cousine, décédée le 7 Juillet 1882, en son domicile à Fleury-Mérogis (Seine-et-Oise), à l'âge de 84 ans, munie des Sacrements de l'Église

Priez pour Elle

Imp. Henri de Borniol, 12, pl. Saint-Sulpice, Paris.

Madame et
Monsieur Paul Eudel
12 rue Rougemont
E. Z.

GRENET - DANCOURT

167, BOULEVARD ST-GERMAIN

A Monsieur Endel

Souvenir de l'auteur

Ernest Dancourt

A LA MÊME LIBRAIRIE

LES BAVARDES, scène tirée du *Mercure galant*, de Boursault. . » 50
LE BIJOU PERDU, monologue en prose par Louis Bridier et Édouard Philippe . . . . 1 »
LE BOUTON, monologue en vers, par Hixe, dit par A. Des Roseaux. . . . . 1 »
LE CANARD, monologue en prose (avec illustrations), par G. Moynet, dit par Coquelin cadet, de la Comédie-Française. . 1 50
C'EST LA FAUTE AU SILLERY, monologue en vers (avec illustrations), par Desmoulin, dit par Berthelier. 1 50
ON DEMANDE UN MINISTRE! monologue en prose, par MM. Desvallières et Gaston Joria, dit par Mlle Thénard, de la Comédie-Française. . . . . 1 »
DÉMOCRITE (scène tirée de) de Regnard, arrangée par Coquelin aîné, de la Comédie-Française. . . . . » 50
L'ÉLECTION, monologue en vers, par Julien Berr de Turique, dit par Coquelin cadet, de la Comédie-Française . . . . 1 »
EN FAMILLE, monologue en prose (avec illustrations), par G. Moynet, dit par Coquelin cadet, de la Comédie-Française. 1 50
UN HOMME A LA MER, monologue en prose, par E. Morand, dit par Coquelin cadet, de la Comédie-Française . . . . 1 »
JE VOUS AIME, monologue en vers, par de Launay, dit par Mlle Lincelle, du Vaudeville . . . . 1 »
LES LUNETTES DE MA GRAND'MÈRE, monologue en vers, par H. Matabon, dit par Mlle Reichenberg, de la Comédie-Française. 1 »
MADAME LA COLONELLE, monologue en prose, par E. Philippe et L. Bridier. . . . . 1 »
UN MARI, naïveté en vers, par V. Revel, dit par Mlle Maria Legault, du Vaudeville. . . . . 1 »
MINET, monologue en vers, par F. Beissier, dit par E. Bonheur. . . . . 1 »
MOLIÈRE, stances par Ch. Joliet, dites à la Comédie-Française par Mmes Sarah Bernhardt et Lloyd, le 15 janvier 1879, à l'occasion du 257e anniversaire de la naissance de Molière. . » 50
LE MONOLOGUE MODERNE, par Coquelin cadet, de la Comédie-Française (avec illustrations de Loir Luigi) . . . . 2 »
LA MOUCHE, monologue en vers, par Emile Guiard, dit par Coquelin aîné, de la Comédie-Française, 9e édition. . . . . 1 »
LE MOUCHOIR, monologue en vers, par G. Feydeau, dit par Félix Galipaux. . . . . 1 »
PETIT-JEAN, par J. Truffier, à-propos en vers, dit à la Comédie-Française, par Coquelin aîné, le 12 décembre 1878, à l'occasion du 239e anniversaire de la naissance de Racine. . . 1 »
LA PETITE RÉVOLTÉE, monologue en vers, par G. Feydeau, dit par mademoiselle O. d'Andor. . . . . 1 »
LE PIANISTE, monologue en prose, par E. Morand, dit par Coquelin cadet, de la Comédie-Française . . . . 1 »
UNE PRÉSENTATION, monologue en prose, par Mlle J. Thénard, de la Comédie-Française. . . . . 1 »
DE LA PRUDENCE! monologue en prose, par A. Guillon et A. Des R., dit par Armand Des Roseaux. . . . . 1 »
LA ROBE DE PERCALINE, monologue en vers, par J. Berr de Turique, dit par Mlle Barretta, de la Comédie-Française . . . . . 1 »
LE TIMBRE-POSTE, monologue en vers, par André Herman . . 1 »
LE VIN GAI, monologue en vers, par Delannoy, du Vaudeville. . 1 »

Imprimerie générale de Châtillon-sur-Seine. — J. Robert.

LA CHASSE

MONOLOGUE

DU MÊME AUTEUR

LA NUIT TERRIBLE, 12e édition	» 50
ADAM ET ÈVE, 5e édition.	» 50
LES JOIES MATRIMONIALES, 2e édition.	» 50
LES VOYAGES, 3e édition.	» 50
LES ENFANTS DE L'IVROGNE, 2e édition.	» 75
UNE DISTRACTION, 3e édition.	» 50
PARIS, 3e édition	1 »
QUELQUES MOTS SUR LA LECTURE ET LA PAROLE. . . .	» 50

RIVAL POUR RIRE

Comédie en un acte (Odéon).	1 50

Pour paraître prochainement :

UNE ENVIE — L'ACCROC

DIVORÇONS-NOUS?

IMPRIMERIE GÉNÉRALE DE CHATILLON-SUR-SEINE, JEANNE ROBERT.

GRENET-DANCOURT

LA
CHASSE

MONOLOGUE COMIQUE

DIT PAR

COQUELIN AINÉ

De la Comédie-Française.

PARIS
PAUL OLLENDORFF, ÉDITEUR
28 *bis*, RUE DE RICHELIEU, 28 *bis*

1882

LA CHASSE

A monsieur Edmond Gondinet.

Tontaine! La meute égayée
Poursuit avec de joyeux cris,
Dans la campagne balayée,
Cailles, lapins, lièvres, perdrix.
Voilà quinze jours que je chasse,
Et je n'ai rien tué du tout,
J'ai trouvé du gibier en masse,
Mais je n'ai pu faire un seul coup.
Vous croyez que c'est maladresse?
Eh bien, vous êtes dans l'erreur :
Le *Gun-Club* lui-même confesse
Que je suis excellent tireur.

Mais quel conte alors vous nous faites?
Je vais-vous le dire en deux mots :
J'aime, j'idolâtre les bêtes,
Oui, je suis fou des animaux.
C'est en vain que je me raisonne,
En vain je cherche à m'endurcir,
Dès que le son du cor résonne,
Je sens des frissons me saisir.
Pourtant, je m'arme de courage,
Et je me dis chaque matin,
Qu'il faut enfin faire un carnage
Et tuer au moins... un lapin.
Je tâcherai que ma victime
Soit un vieux lapin... de vingt ans;
Tuer un jeune serait crime,
Car il peut avoir des enfants.
Ah! ma tendresse vous fait rire,
Pour vous, un lapin mort, c'est peu,
Et même, quand on le fait cuire,
Au besoin vous soufflez le feu.

Vous vous riez de la misère
Des enfants que laisse le mort ;
Mais, si l'on tuait votre père,
Vous verrait-on rire aussi fort ?
Oui, je sais, votre père est homme
Et non lapin, mais pouvez-vous
Savoir si le lapin, en somme,
Aime ses parents moins que nous ?
Qui donc sait si, sous la charmille,
Cailles, perdreaux, lièvres, lapins,
Ne goûtent pas mieux la famille
Que tout le reste des humains ?
Le lapin met-il en nourrice
Ses petits enfants en naissant,
Pour téter un lait clair, factice,
Et qui leur appauvrit le sang ?
Les cailles sont-elles coquettes ?
Ruinent-elles leurs époux,
Mesdames, avec leurs toilettes,
Ainsi que vous le faites, vous ?

A-t-on jamais entendu dire
Qu'un lièvre ait porté quelquefois
Cette... couronne... du martyre,
Qu'à tant de nos maris je vois?
Voit-on, dans de folles agapes,
Des perdreaux boire jusqu'au jour,
Et lourds encor du jus des grappes
Cogner leurs femmes au retour?
Les animaux ont-ils des dettes?
A leur logis rentrent-ils tard?
Voyez-vous des perdrix seulettes
A minuit sur le boulevard?
Au coin d'une sente embaumée,
Avez-vous jamais entendu
Un lièvre à la voix enrhumée
Crier un journal dissolu?
A-t-on jamais, je le demande,
Vu des animaux quelquefois,
Préférer dissoudre leur bande
Plutôt que d'obéir aux lois?

Les voit-on dans les hautes herbes,
Aux *grandes bêtes* de chez eux
Dresser des colonnes superbes,
Pour les casser ensuite en deux ?
Les voit-on après une course
Se passer une corde au cou,
Ou bien après un coup de Bourse
Filer bien vite on ne sait où?
Voyez-vous à la préfecture
Coffrer des bandes d'animaux,
Pour avoir, à la nuit obscure,
Dans des dos planté des couteaux ?
Troublent-ils donc la paix publique?
Cherchent-ils, par quelque forfait,
A renverser la république,
Comme plus d'un chez nous le fait?
A l'État font-ils des requêtes?
Lui disent-ils, dans leurs discours,
De vouloir bien couper des têtes,
Ou de supprimer les tambours?

Les voit-on dans les ministères
Quêter des décorations,
Ou dans de sombres monastères
Tramer des révolutions?
Non, ils demeurent bien tranquilles,
Au sein des plaines, des forêts,
Loin des bruits du monde et des villes,
Dans les sillons ou les guérets.
Pourquoi leur vouer tant de haine?
Est-ce grand crime, s'il vous plaît,
De picorer un peu de graine,
Ou de brouter du serpolet?
Pour moi plus je les envisage,
Plus je les trouve bons et doux,
Et moins aussi je trouve sage
De les poursuivre de nos coups.
Aussi, lorsqu'au fond d'une allée,
J'aperçois parfois un lapin,
Ou quelque perdrix affolée,
Je suis... je sens... je pleure enfin!

Et puis tout à coup... je me mouche,
Avant d'armer mon *Lefaucheux*,
Alors, quand tonne ma cartouche,
Ils sont déjà loin de mes yeux,
Et tout bas, en voyant leur fuite,
Je me dis : Cela les rendra
Beaucoup plus prudents dans la suite,
Et de la mort les sauvera.
L'herbe, par l'automne rouillée,
Que foule mon pas cadencé,
Sera-t-elle jamais mouillée
Par un sang que j'aurai versé ?
Je ne le crois pas, car, en somme,
Je vous le déclare en deux mots :
Plus j'étudie et connais l'homme,
Et plus j'aime les animaux.

FIN

Imprimerie générale de Châtillon-sur-Seine. — Jeanne Robert.

A LA MÊME LIBRAIRIE :

THÉATRE DE CAMPAGNE

Recueil périodique de Comédies de salon.

PREMIÈRE SÉRIE

Avec une Préface de M. ERNEST LEGOUVÉ, de l'Académie française.

Contenant : *Ma fille et mon bien*, par M. E. Legouvé ; — *Paturel*, par M. Henri Meilhac ; — *Le monde renversé*, par M. Henri de Bornier ; — *La soupière*, par M. E. d'Hervilly ; — *Autour d'un berceau*, par M. E. Legouvé ; — *Les petits Cadeaux*, par M. Jacques Normand ; — *Silence dans les rangs!* par M. E. d'Hervilly ; — *La Fleur de Tlemcen*, par MM. E. Legouvé et Prosper Mérimée ; — *Avant le bal*, par M. Prosper Chazel ; — *Un salon d'attente*, par M. Charles Edmond.

DEUXIÈME SÉRIE

Contenant : *La Lettre chargée*, par M. E. Labiche ; — *Les Crises de Monseigneur*, par M. Gustave Droz ; — *Le Mari qui dort*, par M. Edmond Gondinet ; — *Sa Canne et son Chapeau*, par M. le comte W. Sollohub ; — *Vent d'Ouest*, par M. E. d'Hervilly ; — *La Vieille Maison*, par M. André Theuriet ; — *Une Sérenade* par M. le comte W. Sollohub ; — *Les Convictions de papa*, par M. E. Gondinet.

TROISIÈME SÉRIE

Contenant : *La Gifle*, par M. Abraham Dreyfus ; — *La Cage du lion*, par M. Henri de Bornier ; — *De Calais à Douvres*, par M. Ernest d'Hervilly ; — *A la baguette*, par M. Jacques Normand ; — *Le Coupé jaune*, par M. Henri Dupin ; — *Georges et Georgette*, par M. Emile Abraham ; — *O mon Adélaïde!* par M. Charles Narrey ; — *Les Prunes*, par M. Alphonse Daudet ; — *Les Revanches de l'escalier*, par M. Ernest d'Hervilly ; — *La Force des femmes*, par M. Henri Meilhac.

QUATRIÈME SÉRIE

Contenant : *L'Amour de l'Art*, par M. Eugène Labiche ; — *Entre la soupe et les lèvres*, par M. E. d'Hervilly ; — *Volte-face*, par M. Emile Guiard ; — *Retour de Bruxelles*, par M. Eugène Verconsin ; — *La Corbeille de Mariage*, par M. Georges de Létorière ; — *Notre cher Insensibilisateur !* par M. E d'Hervilly ; — *Le Collier d'or*, par M. Albert Millaud ; — *Marie Duval*, par M. Adrien Decourcelle ; — *Les Fraises*, par M. André Theuriet.

CINQUIÈME SÉRIE

Contenant : *Ho ! le Vert !* par M. Charles Narrey ; — *La Part du lion*, par M. Adrien Decourcelle ; — *Le Valet de Cœur*, par MM. E. de Najac et H. Bocage ; — *Tout chemin mène à Rome*, par M. André Raibaud ; — *La Mouche*, par M. Emile Guiard ; — *Aux Arrêts*, par MM. J. de Rieux et d'Au ; — *Les Deux Sous-Préfets de X...*, par M. Jules Guillemot ; — *Le Cap de la Trentaine*, par M. Eugène Verconsin ; — *L'Andalouse*, par M. Alfred Billet, — *Scrupules*, par M. Ernest d'Hervilly ; — *Le Confessionnal*, par M. Abraham Dreyfus.

SIXIÈME SÉRIE

Avec une Préface nouvelle de M. E. LEGOUVÉ.

Contenant : *L'Agrément d'être laide*, par M. E. Legouvé ; — *Un crâne sous une tempête*, par M. Abraham Dreyfus ; — *Une femme bien pleurée*, par M. Paul Delair ; — *Comme on fait son lit*, par M. Paul Ferrier ; — *Le Sergent*, par M. Paul Déroulède ; — *Le Secret de Théodore*, par M. Eugène Verconsin ; — *L'homme aux pieds retournés*, par M. Charles Cros ; — *Les enfants avant tout*, par M. Ernest d'Hervilly ; — *L'Embarras du choix*, par M. le comte W. Sollohub ; — *Vénus*, par M. Henri Bocage ; — *20,000 francs*, par M. Emile Desbeaux ; — *Les Bouquets*, par M. Eugène Ceillier ; — *Le Secret d'une vaincue*, par M. Ernest d'Hervilly ; — *Une pluie de baisers*, par M. Alfred Séguin ; — *La Vision de Claude*, par M. Paul Delair ; — *La Perle fausse*, par M. Emile Jouan ; — *L'homme perdu*, par M. Charles Cros.

SEPTIÈME SÉRIE

vient de paraître.

— Chaque série, 1 vol. in-18 jésus à 3 fr. 50. —

Imprimerie générale de Châtillon-sur-Seine, Jeanne Robert.

www.ingramcontent.com/pod-product-compliance
Ingram Content Group UK Ltd.
Pitfield, Milton Keynes, MK11 3LW, UK
UKHW020443220726
13923UKWH00005B/2311

9 782019 623760